逆立

北村岳人

港の人

目次

逆立

谷底から

何という詩だ　谷底
お前の口は点
「死々、死々。」と啼いている
平板な言葉の反復は　谷底
蟬の声のような詩で啼く
お前は点だ！
耳の中に入って居る
谷底。

とどまれ
山脈を越えて古代遺跡へ
そこは
駄目だ！
「死々、死々。」啼く　染み入る
古代遺跡のヒビ
谷底に行幸無し
点が隙間へ入ってゆく
中から割れ！

自滅——定義を持つための詩の乱用によって
　狂人となる人物でありたいと思うの
　ならば、決してお前以外の真似事へ

言葉を使ってならないのだから、戒
としてお前は言葉を自分で縛り付け
自滅しろ！　谷底

何という詩だ　谷底
今、捨てに行ったものは〈不〉
今、捨てに行ったものは〈非〉
拾い集めている
気が付けば先へ到着して
待ってはいないのだから
古代遺跡を改修してから
向かう
もう一度　谷底

「死々、死々。」と啼き
中から割れ！
反復に苦しみが付きまとっても

自滅――何度目かを知る必要がないことは
　　永劫にお前は谷底で点を耳の中へ
　　預け、蝸牛を廻り口から吐き出し
　　て許すことを決して
　　許すな！

疲れてしまったら
最期の詩も耳へ
「死々、死々。」

そう啼かせる
点で　あってくれ
谷底。

傷のアンドロメデー

（英雄は来ない
おまえは暗い魔物の棲む洞窟の奥で
馬の瞳を輝かせながら風を戦慄させていろ
美貌に刻まれた傷の数よりも
おまえのこころの傷の方が深くえぐられている
寂しさと恐怖を乗り越えて死んでしまいたいと
　　　　　　　　　　　嘆くことも出来まい）

《アンドロメデー！

光が見たいのなら女を投げ打って
　暗い洞窟から這い出て来い！》

幸せな団欒に育つ
肌着のエロスは肉体の豊満を隠し
乳房を避けるように風はそよいでいた
灰野には相応しくない美貌は
大地に女というものを呼称させ
彼女の前で世界の荒廃は止まっているようであった
ある不調の日
雷鳴の灰野の先から貧者はやってきて
――美を与えられし女人よ

――この世界には似合わない
――おまえは暗がりを灯せ
死臭を名残り去る背中
彼女のこころの美でない部分で
背景の団欒が破裂する音がした
自己とは世界に対して担ってしまう
宿命のことを言う
貧者の言明は
彼女のなかで現実のものとなり
暗がりの淵へこころを投げ入れる精神の覚悟が肉体に先行した

私は貧者の言明を美貌へ刻み込み

痛みを忘れるまでに嫌悪した
　――私は最も不幸な人
　――私は最も貧相な人
　――私は最も死すべき人
美を否定し世界の荒廃を受け入れ
灰野は冷たい風とともに私の
肌着を反り返らせ乳房を傷つけた
言祝がれることを棄て暗い洞窟の奥へ肌色の踵が踏み込まれていく
荒廃が侵蝕して私のいない世界は
貧者の行方を無きこととするに違いない

≪アンドロメデー！
　おまえの成すことは貧弱なことだ

忘れてはならない》

しかし彼女のこころには
既に暗い洞窟と同じ深さが
同じ明暗で穴を空けている
洞窟へ響く男の救済は彼女にとって
偽物の感情でしかなく
深度に離反した性の存在自体への怒りまでに肥大し
男への反応が地鳴りのように
空洞から言葉を押し出す

《私を放って置いてくれ！》

（骨の髄まで美しい女
アンドロメデー
おまえは聖女ではなく
貧女であった
見ろ最も貧しい者のいない世界
肋骨の溝へ慈悲の流れた跡
死臭と同じ死臭
誤解は未だ晴れていないかもしれないが
言わねばならない　　英雄は来ないのだ）

小川

東京に二つ空虚がある

一つは千代田に華やかに祀り給わっている
同性愛者の西洋人が頭を抱え
ひと回りすれば
自身の浅瀬に歴史を置く
悲観ではなく無駄な敬意
一つ空虚は賑わっているのである
他人の築いたものの内で

高御座へ着いて
聞き取り得ない歴史の言葉で
不動の生活に従い
生きのない聖者となって
ゆえに
西洋人は口を開けざるを得ない

色彩を欠落させた空虚は小川にしかない
隣りの駅は天皇サマが鷹狩りに
お出ましになられた
近い町には御幸なさった
東京に空虚は小川を空けたのだ
華やかでない

賑やかでない
西洋人のいない
唯一
服わない民の住む　日本
写真にされれば
白黒の世界が現実のものと
区別されずに
駅名を呼ぶならば
吃音で
お　が　わ
国津神の発音
本土に陥没した民の棲む
もう一つの空虚

西洋人が見過ごしてゆく

空虚　と　空虚
高御座　と　ベンチ
敬意　と　白黒
天皇サマ　と　服わぬ民

前提は上段が持続して対立をなしている
常に小川は下段に置かれる
非色彩非都市
労働者もなき息づかい
マルクス主義も成り立たない
群衆もいない

戦争—平和　戦前—戦後
どこにも
ありはしない
日本から陥没している

小川で一番偉い奴の顔を見せてくれ！

一度だけ皇太子が工場見学へ
出向かれた時
通過した道と皇太子の像と
眼と日章旗と
男と女と公務員と
唐突な時間を経験させた

自転車に跨った少年は今いくつだ
もう耳に喚起は無くなったか
ひと眠りして
思い出となってしまうか
さっさと少年は都営住宅へ帰宅したか
親には言うな

ここは小川だ！

白黒よ
雑木を歩め
空虚たらしめ
西洋人の肺に澱め

小川を吐き出させるな
空虚非都市

未だ訪れたことのないもの
いずれ来る束縛のない日
晴れて低度な感傷性が消える
全ては脱色
既に小川にもたらされた惟神
日本地図の虫喰い痕
じわりじわりと拡がって
開いた口は西洋人の形相——無縁
（アジールとも認められぬ）
独り盲の人類学者ならば手探りで

小川を知ったかもしれない
彼もまた西洋人

　小川へ神を降ろせ！

――言うな！
――降ろすな！
――崇拝するな！

〈脱色〉〈非都市〉

何も構わず空虚だけを信じて
西洋人を千代田へ葬り

脱色された者たちすべてが
小川の中で
人間となれ！
何も構わず空虚だけを信じて
感傷性を千代田へ葬り
脱色された者たちすべてが
小川の中で
聖者として生きよ！
何も構わず空虚だけを信じて
日本を千代田へ葬り
脱色された者たちすべてが
小川の中で
一番偉い奴になれ！

小川で一番偉い奴の顔を見せてくれ！
(信たる空虚の人々が来る日にあり
数千年の神話を宥めている)

親愛なる　《最果》

石ころを湖面に投げたところに波紋は生じるわけであるが
《最果》へ石ころを投げても
わたしには波紋も空気をかます音も
そして石ころが沈んでゆく過程と湖底そのものさえ
感じることができない
感じることができるものは
ただわたしと同じ24時間を共有しているのだ
またほかの人びともそうなのであろうということだけである
初期衝動は嘘をついてはいなかった

《最果》のわたしの価値の部分は
決してわたしだけのものではなかった
これほどに「素敵な」ことは
無い。

—「詩は民衆のものだ」—

言葉は情況とともに言い直される
おお、《最果》
　崩れ去る自意識の砦よ
　　民衆は何と言っている？
戦後から初期衝動は嘘をついてはいなかった
《最果》のわたしの意味の部分で

言い直される新しい言葉である
　石ころは湖底に沈んで着地する音をわたしには届けない
　水深も知らせなければ魚類も寄り付いてこない
　しかしわたしが湖に立たされていることを
　わたしに直面させるただそれだけのことである
これほどに「素敵な」ことは
無い。

《最果》は言うかもしれない
あなたに最も残酷なものを与えようと
あなたの自意識をつつみましょうと
あなたを愛していますと
普遍の初期衝動へわたしは嘘をつかれる

―「《最果》は民衆のものか」―

恐ろしくなる必要もなく《日常》は続く
もっともらしく死が言葉としてやって来たとしても
湖面は穏やかであることをやめないのだ
わたしは立っているということだけである
こころに孤独には背負いきれない疑問が浮かび上がったとしても
それを口にしてはいけ　　のである

無い。

抗し得ぬものの影

都市上空に積乱雲が風景を消して厚ぼったく影を落としている
混凝土の熱は来るであろう暴風雨への恐怖を隠せない
しかし人々は未だ無関心
――「オルテガ」――
積乱雲の呼称に人々は怒りさえ覚えず未だ
無関心
落とす影が人々に与えられている影との境界を失くし
熱が自らの高低に態度を示せなくなったときに
「オルテガ」は人々の無関心を打ち砕かんばかりに猛威する

手元が見えなくなるまでのそれは自身の立脚した都市を見失うほどの威力で
落とした影の大きな粗い溝を開けただけの感触があった
猛威は都市を水没させた自負のもとに強烈な積乱雲で
自負はまた太陽を通し光を与える偉大さ持っていると渦巻き
自慰のように果てて「オルテガ」は都市の上空へ消滅した

＊＊＊

影の無かった時間を不快だと共有しただけの人々へ
偉大さは降り注がずにただ晴れ間が都市上空へ出現した
旧い門構えの威厳ある邸宅の勝手口から
肌着の婆が白髪頭を覗かせて様子を窺っている

《「オルテガ」！
お前に都市の人々の影を集めてくれてやろう
それはお前が落とした影では不十分だということを
痛感するものとなるか
それともお前の影が無意味なものか
厚ぼったい重みとなり自負を潰し
無し崩しにしてしまうだろう
雷鳴で沈まないものを知れ
お前の影では太陽は背負えないのだ》

或る若者

誰も現在の盲管を奥へ進むことをしない
悲痛な断きを手にしたとしても
それは自分を愛でる犠牲であるか
過去への罪滅ぼしかであるから
騒いでいる口元を覆うだけで
悲劇は解決していない

或る若者が自分の死を空位に語る場合
ことばは挫折している

横軸に親しさからの背信を広げ
縦軸で接触するはずの自分と成熟は
原点に消失したかに思える
或る若者に必要なのは友でも思想でもない
死が空位となった断きの奇妙な明るさなのだ
ただその光度だけで擬制に絡み
誰の影もない場所で笑っている
あるいは
悲劇を具現して蒼ざめている
（胸を撫でおろす）
或る若者は尺度のように棲みつき
どこかで必ず噴出して
擬制のなかでなだめられる

だがこれは生き死にの問題ではなく
或る若者と自身の感性との接触であり
誰も胸を撫でおろすことなどできないのだ

もう終わりにしなくてはならない
挫折したことばを拾い上げている時間さえも
疑わしいものとして見棄てることのできる者よ
遠い窒塞まで耐えうる試歩よ
独り鬱向きのなかを進め

辺りは誰ひとりとして自分を看取るに
至る人間はいなかった
独り。

五歳にあいだは五回
自然のたらい回しがあるはずだが
ひとつも姿を現さずに雑木の生成変化は
起きていたし鴛鴦の離別と再会もあった
むしろ自分は自然の消された姿として
それが本当は人間が極まで生きづまった時の
独りの自然な存在のようにさえ
感じていた
窓からは電線と灰色の柱しか

世界を近づけるものはなかった

積み上がってゆく書物の一番上に
自死した哲学者の遺書が
蒲団から投げられて
自分の優しさの摩擦で止まった
生活が誤解に
曝されていた

遺書はみみっちい哲学を持って
書かれなければならないのか
自分の書いた遺書に対して
本当に偽りのない暗さでもって

直面することができていたのか
行方の絶望の憧憬がただ
無根源に信じられるもののように
生活は過誤へ移り込んだのではないのか
自分がここで過誤の先へ進み入って
あの灰色の柱のようになって
ひょろひょろと細い哲学の線を
左右に出して自然のようなふりを
していることが正しさなのか

独り。
根源の暗さからひっくり返さなければならなかった
自分へ虚構を宣告しなければならなかった

そして五歳という月日は
どこも人間的でないままに一般なく
底のほうへ彫り進んでいった
賑やかを信じられぬ人間は
そうやって暗さの根源を求めていたのだった

遺書の光に魅せられたまま
自我の徒刑囚として生き延びている者へ
与えるいくらか信頼のある言葉は
どこにも存在しない

これは遺書のなかにさえ
存在しないのだ
そしてまた自分が創った自由なそれらにも
存在しない
独り。
そういうことだったのである

絶望は坂道のあとで

帰宅途中、坂道を降りくだった先に見える人々が奈落であった
わたしの戦慄《おのの》きは空へ沈黙した　呆然と立ち尽くす
たぶん断食した聖女の肋骨のように顔面は引き上がっている
どこかで確信があった　群衆は死に向かっている　と
そしてゆくゆくはわたしも群衆にならざるを得ないのだ　と
平凡な有限性の現実に直面したとき背景へ怒号した

お前は世界でもっとも貧しい者になれ！

都市が停電したかのような怒号であった
人類の底辺に接するかんがえを持つ者だとわたしは
戒律へ刻みこんで生きてきた
わたしより鬱向く人間を知らないからだ
きっとこの怒号は死んだ神の怒号だ
神も同じく群衆の死へ向かう様子に戦慄した
そして否定なく飛び込んでいった
坂道をせっせと降って行ったに違いない
最期の怒号はわたしを神にするのであろうか
神は群衆の死を受け入れ共に死した
――お前が持っているものは勇気か――
突風が吹いて私を突き飛ばした　四肢は見当たらない
――では慈悲か――

街灯が全て消えた　眼は暗明の判断を失った
——では人間への信仰か——
何も起きずわたしの心だけが奈落へ放り込まれた

結局、死ぬことはできなかった
無様にも肉体は傷だらけになり意識だけがあるようだ
神はわたしを引き込んだのか
——お前はもしかすると卑怯者かもしれない
　独りで死ぬことさえできない神があろうか——
わたしは神を見放した　神はわたしを連れ出そうとしたのだ
神さえ独りで死ぬことなどできはしなかった
しかしわたしの心は群衆の向から死に置き去りにされていた

無心に坂道を降りくだるとそこはただ平たんだった
群衆の死骸と神の死骸があるだけで何も変わらない
しかしひとつだけ驚愕したことがある
神はわたしの心を生かしておいたのだった
——わたしのために死ぬような愚か者が神なのか
　神よわたしはまだ死に足りていない——
心を拾い上げ空白へしまい込み死骸へ深く頭をさげる
あの坂道からわたしも奈落と言われるのだろう
その時はわたしが神に違いない

小川という地

この町に降りればたくわえてきた雑踏は
なかったことになる
こぶし通りが十三小通りへぶつかるまでのあいだ
細い街路樹はすべて葉を落とし
景色に傷みをあたえているあいだ
朝八時少し後のあいだ
わたしはおおまたでランドセルに影を被せる
反対へ歩む中学生の静けさは
幻想の無心を思い出させてくれるだけだ

（いま手元に誰があるか）
　白い寒さが玉菜畑から窺っている
　昼間に無垢鳥がやって来て
　刈り取られた断面の黒い部分をついばんで
　　にぎやかに帰るだろう
建物に奥まってわたしが親しかった少年の頃のまま
（その少年は樹液のように乾いてしまったよ）
雑木林が生きている

＊

わたしは雑木林で十七の青年になった
いまとおなじ寒さに拉がれて
雑踏を抜け出し駆け込んだ
（おお、おれはこのままひき裂かれるぞ）

くぬぎこならの剝き出しを
何百本もさらい治して
雑木林を
傷みという風景に変えてしまった
　晴れていて誰もいない
　霜の水けが土にのこる
　用水の底から灰色の鯉が窺っている
少年が二度ともどれない方へ生まになって
青年のわたしはまだ重たくない足をゆっくりと
コンクリートへ押しあてた
（わたしのゆくえはなかったことになる）

関係の想像——太古未来

一

十年以上わたしは安定と想像している
そのうちには五年をもって想像を欠陥され
暴言と冷淡な表情の最後で断絶したものもある
わたしの罪深い謝罪は空虚に変わり
好意な言葉が死産されていた
不安定性と名付けることのできるほつれる確信などではなく
想像の硬い外皮である絶対的なそれがあり

永遠に崩れることのないもの――そしてそれもまた想像に
を覆っている

わたしと結ぶ青年期からの関係とはなんだ！

こころは疑っていない
想像砦を築き上げて幾人か以外との関係を
絶っている

踏み入る者はおろか踏み入ることはない
関係を不安定性だと言う者は砦を築けぬ者で
友を持たぬ者で明るい者で知らぬ者
想像した関係が常に野晒しだということは
娼婦でも言わぬ心持ではないか

人は友を絶対に不安定だと思えない
常に絶対的確信をもって安定しているしかない
そしてまた人と友は共倒れして
同時に残酷になる
切り出されるものは同じ時間を通過して
外皮がぱりぱりと剝がれてゆき
初めてこころが野晒しになって日輪を浴びる
　わたしの死産した言葉は裏返しに友のこころの滲みで
　友の暴言と表情はわたしの生産的なこころの言葉だ
関係は実に晴れていて想像の最も残酷な部分に
こころは触れることになる
裏切りは外皮の硬い絶対性を暴くことはないが
同時に倒れる関係は絶対的なものを破壊する

二

必ず後になってからでないと気が付かない
想像された確信の底までは表層の人間的なやさしさは
染み込んでこないのであるから
確信の深層部へ透過することのできるやさしさは
人と友との関係にはほとんどないと言っていい
　哀しいことでも　寂しいことでもない
　慰めることでも　宥めることでもない
何も響かず感謝も生まれずただ関係への確信だけがある
しかし
この代償として人と友は関係に投げ込まれている

人間的なやさしさの意味を喪失する代わりに
ふたりは確信の深層で関係の価値となっているのである

お前の人間へ何時、気が付くことができるのか！

友がしたことはあらゆる人間の掟を破ろうとも
肯定されて人へ穏やかに還元される
友の自死であったとしても同じかもしれない
しかし揺さぶるものがある
同時に崩落した関係が片方へ引っ掛かり
宙ぶらりんに留めるからに違いない
「死んで欲しくないんですよ」
友のなかでわたしの言葉は現実となっている

友が簡素にも人の言葉——想像的で虚構な
を現実のものと引き受けて敵視し
危ぶみ信頼し興奮し激怒し悲壮し性愛する
そうして言葉は関係のなかに蓄積されてゆく
やさしいものは目に見える表面に
より重たいものは深層へ
わたしの言葉の持つ価値がほんとうに現実となり
友の存在さえも揺るがすものとなる

三

言葉の古層へこころの考古学が伸びてゆき
白骨化した最古の言葉を発掘する

――〈絶対的な否定〉――
友との想像の関係へ現在
貼り付けられた最古の言葉は不可知で
辺りの言葉たちがうごめいている
暗いうごめきが最古の言葉を取り巻いて
脈絡のない集合を形成し
崩壊文脈の秩序へ働き掛け
友と人の最も絶望な不安を煽る
　確信の価値は知ることのない必然を伴っている
言葉の深層は崩れ去れない生存と結びついている
ふたりの誕生が歴史へ圧しかかる

残酷だ！

あまりに残酷だ！

施されたい言葉はやさしいもので
撫でられて安らぐものでありたいと願う
しかし
人は友へこころから望む言葉は
――〈絶対的な否定〉――
なのだ
関係の想像初発にあり最古の言葉こそ
永遠に崩れ去らぬものなのだから
　わたしへ酷く冷たいものはやさしい
　逆にわたしを冷たくするものは言葉だ
こころの絶対的な確信に訊きただすまでもなく

祭祀用語でも言明できない言葉――古代人の企て
が人と友を裏打ちしているのだ

四

古代人が天体をなぞる時
――〈絶対的な否定〉――
は彗星となって人と友の宇宙を屈折しながら
残酷な暗闇へ下降してゆく――古代人には上昇とうつるもの
心性歴史へ預けられた想像の関係の表面で
友誼　強絆　共存　……
表層のやさしい言葉がことごとく錆びれてゆき
引き込まれ無意味を宣告される

わたしは宇宙を頭上に握っていないようだ
深淵へと拡張してゆく歴史と言葉
同時に
友を下降して目の当たりにさせる
人を下降して目の当たりにさせる
同等深度　と　同等暗度
残酷震撼絶望も最大に訪れる

わたしのお前―お前のわたし　よ　絶対的関係の永遠なれ！

彗星は魂ではない決して言明できない
人間の弱さは宇宙を遠くへ放してゆくことにある
友は空の彼方に居座ってはいない

人がまたそうであるように
歴史は太古と現在で反転して彗星を動かすために
友と人を転倒させたかに映る
しかし
こころは無視なく古代人の言葉の価値を溜め
ふたりを喋らせている
　わたしが放つものが友の現実となり
　友が虚構を部類なく愛している
連関は作用反作用を繰り返し
彗星を底へと誘ってゆく
いずれ屈折しない絶対暗に接触したとき
友は人の言葉を使い
人は友の言葉を使い

同時に宇宙の深部を語り合う
――〈絶対的な否定〉――
が降った底で語り合う
　わたしには友が沈黙に座礁したかに見えた
　友にもわたしの座礁が見えたであろうか
太古に言葉の底から言葉が放たれ
現在の想像の関係が
友と人とを根源から切り離さないでいる
――〈絶対的な否定〉――
の彗星は上昇と屈折に過去を進行し
足元も眩い光で確信を通過する
絶望の名残を沈黙として過ぎてゆく
わたしはまた安定を想像する

刺青の男への鎮魂歌

母と父を分ける壁を越えてお前はやって来る
遮光眼鏡をかけてやって来る
細い前腕に巡る刺青のモノクロは決して眼のせいではない
指先から彫ったのか肘の下からか
刺青の起源はお前の顎をさする指先と袖元の影との
合間に消失している
野生とは刺青の生成原理であるばかりか
それ自体を象徴する怪物の擬人化であるならば
お前の腕は人間でないのかもしれない

野生が生み出した人間のかたちをした魂のシミュラークル
お前はやって来る

父が孰れお前の遮光眼鏡の裏側に正装で映ったならば
母は現物のモノクロで裸体を曝しているに違いない
産み落とされて何処まで流され今生き永らえているのか
お前でさえ答えることのできない
悩ましさに指先がテーブルから伸び顎をさする
野生は顔面の走り去り頂点を通過した後
理性を滴ってゆく
女にはお前の救済を担うだけの光はない
永劫の母へ依存し父の名を忘れるよう努めれば
お前は居なくなる

自己の淵へ母と父が埋葬され
お前はもう底におらず
超える壁を喪った
野生の筋は深く濃く刻まれる
哀れなお前
何時になく哀れなお前を
白い死の粉を被り
想像されず仕舞いの祖先が
見つめている

お前は何を踏み越えて来たのか
金鍍金の太古の楽器かそれとも海の重層低音か

素直に
それは父の男根か　それは母そのものか
何も禁じ得ないお前が問いに沈んでゆくのがわかる
お前は音楽――死を待っている――が群衆は違う
戦争を手にした右手も野生の左手も共に母型
踏み越えた故の景色と引きずる背景とは
記憶の潤いを否定してお前の現在に
引き受けられているはずだ
ならばお前は生きるに値する

遮光眼鏡に映る星の数も
お前と同じ
許した裏切りの数も

お前と同じ
傷つけた肉体の数も
お前と同じ
行く手を阻む巨壁だけは
お前と違う
母の顔とそれ自体
父の顔とそれ自体
お前の野生とそれ自体
黒い音楽が背後に鳴っている

もう一雨

人が頻りに鳴いている
打ち消そうと
白い雲が呪いをかける
声と呪いの境界に
真夏の空《くう》があって
自らの発色を懺悔している
青はなにも悪くない

夕立、向日葵の鬱向き

夕立、あめんぼの貧弱
　夕立、傘の水溜り都市

汗、雨、汗、雨、汗、雨、汗、雨……

呪いのかかった鳴き声が
蒸発と落下の合間を縫って
橙になって止む
昆虫が街灯にあたって
ひっくり返る
裏側は黒　一色

あわてて腹這いになると

空《くう》のほうへ飛んでいった
また罪を問う

無題（ある老人の自裁死をうけて）

（二〇一八年冬、入水した老人はわたしを氷結させたのか）

国家の輝きの消失点が明朝を迎える
絶望を！　絶望を！
嘆き崩れ給え　万歳。
靡き轟き給え　万歳。
波長は錯乱する人型に同心円の収縮

川、波絶たず

わたしの底は偉大なり
凍結至らず
死は心像に勝り
沈黙す

死す思想に流水

平和なり
明日。

（故に理想　意志　死が……）

いいえ

親しき空洞への憎しみ

お前は宝玉のような眼で睨む
白檮原宮の遺構から
時間の遠い儀式歌が再生されて
人びとの足元を通り輝いている
そうして死んでいった肉体の名を
「ミシマ」などと呼称する

咄嗟に仕立てた鏃で
架空の古代を突き刺す夢からさめて

晴天のさみしい宅地を窓に映す
俺の寝ている場所にお前は来ないだろう
まして幾千の日本を引きずってなど
来やしない
取残されたわけでも摑みたいわけでもないというのに
俺は大きな空いた時間に佇んでいるような
気がしてならない

俺のなかに住む肉体よ
起源を手繰れ

人びとの平和から化生して
古代の息遣いは穏やかになったようだ

肺は大きく膨らみゆっくりと風が吹く
俺のところにもそよいでいる

＊

（お前は死膚断を犯している。その傷は永劫に消えることはなく、古代まで深くなってゆく。美しくなどない傷にお前は何も言わない。人びとは死人のようだ。）

＊

ただ野生の衝動で鏃を磨いでいる
鈍く光りながら歪になってもなお

先端は晨を向いている
用途もわからないまま夢中になって
俺は汗をかいていた
裸か御袍か
覚えてはいない
そうして勢り立ち何時か訪れる古代に
鏃を突き刺したのだ

俺が縄文の鎖を躰に巻き付けて
古代のむこう側へ飛び込んだあとを追え！

声は無意識の時間を越えて
聡明な時代区分へ浸透する線を創った

俺から辿られる道筋は背景まで
荒涼としている

＊

俺が夢のなかで突き刺した鏃は
現在まで貫通したか
何が傷つき何が癒えたか
人びとは覗き込まず
お前の呼吸はいつまでも深いままだ
現在というものがそれほど
穏やかに痛ましいのならば

生き別れそうな俺を繋ぎとめる固い鎖には
誰の手も差し伸べられずに
起源の以前へ
失われる

弐

花盛りの閉塞した東京からサーチライトは
そびえる鳥居に不気味さを与えて威厳にまで高め
現実の夜景、巨大な御紋がわたしを鎖している
濠面に映る微笑みはやさしいか？
　（招魂社——二四六六〇〇〇余柱）
急勾配の底辺に群衆が過ぎ去った面影を見て
〈思し召し〉が腐ったと感じるまでの経過と

皇居の石垣を這い上がってゆく蔦蔓のそれは
共時的に枯れて傷のようになっていった
　（邦人――戦没者）
　（THIS IS A SACRED AREA
　YOUR RESPECT IS APPRECIATED）
埋葬と取違え　もしくは等価交換
泣きながら喜べば瞬く間に
痛憤は背景に逃げ込んで深い悔いへ変わる
わたしの親しい者はみな暗い
　（幻聴――〈我、突入ス！〉）
はずであった

弐

わたしが立っているのは暖色の街灯の角から
白い服の女が歩いてくる路地だ
偶然に行きついた現在の先端に違いない
女が路地に似合わずあるのか
それともわたしが異質なのか
どちらにせよ女にとってこの路地は帰路である
女はわたしの後ろを少し歩いてアパアトに入っていった
　(忌みはないので
　わたしはただ大切なことのように思う
　崩れて壊れていった錯誤となって現在は
　この路地で安堵している)

弐

述懐して云う
「略奪者は絶対に返してくれない」と
そうして離脱することが希望であり
土と空と海とに自由であり
奴隷の足枷の日々は晴れた
――だがその虚しい時間は二度ともどらない

彼らは観念の万能を違えたのだ！

領土と少年の関係は齢を経て

二〇世紀から繰り越され
老人のなかで縮小していった
彼らのなかには生活様式へ浸透できた者もいた
すっかり忘れていながらも
　（自由歌――〈朕〉と人称する）
トウキョウが詩人へ廃墟を思わせるならば
それは何千年の古代遺跡として塞がった
唯物的拡大に詩を突き付けて
彼らは遡っても犠牲者のままであった

　　　肆

わたしには日本から出ることのできない遊牧民へ

憐れみを与えることは難しい
――敵か味方か――
自分の安堵へ錯乱してわたしへ問う
親しい者はみな暗かったはずだ

(何千年と変わらぬもののなかへ感性を滲ませて断て)

民俗学者に頼んで遊牧民を追えば
東京で観念を白骨化させて
幸せそうに生活しているのを発見するだろう
　ただ慣習として自由を唱え
　虚しい時間を顧みている

わたしは敵なのかもしれない
現在からの裏切りの使徒なのかもしれない
足元には暗い轍がある

伍

——穏やかに地鳴り続ける〈畏怖〉
（現実の夜景）
なにもかも退行して
超都市である東京に眠り
顕在夢のなかで賑やかに挫折する人々の姿が
二重橋濠に浮ぶ
わたしは独り鎖されたまま佇むだけ

（砂利を踏みならす音が一斉に止まり
沈黙が夜半に行き渡れば
戦慄のモノクロームは黄泉かえり
必ずやって来る）

夜景に似合う蒼白の顔はあるか？

親しき者が「引き返せ」と云ったのは
帰還でも領土でもなく　それは
眠りから覚めた時にあたりがおなじ暗度で
摑まれていることだった
――そうして雑踏へ入ってゆける

思いだせ！

（注釈――おまえをこの断片のなかから捜し出して、
わたしは真実に突当らせたはずだ。わたしは遊牧民
でも異邦人でもない。たぶんおなじ東京を通過した。
おまえから現象学は開闢して、いずれおまえに帰る。
もしそうでないならば、詩をわたしと共に棄てればいい。）

現在への若干の後記

わたしが現在の情況〔詳細を語る必要もなく、感染と人間〕へこの詩集から得ることのできる客観的な意味は、自己の自己に対する関係だけのように思われる。「新しい生活様式」へ入ってゆくことのできる方法も、またそれ自体も根拠はどこにも存在していない。ただ明らかなことは、生活は持続しているということである。

わたしには情況がなぜこれほどまでに騒いでいるのか、未だにわかっていない。いずれ自分の身体へ触れることも警戒するようになって、他者との関係もさらに虚構になってゆくだろう。そこで自分自身へなにができるのかかんがえる契機をこの詩集が持っているならば、それほどありがたいことはない。
またこれから訪れるであろう「連帯」と自然への世界的な意識は、人々を惹いてやまないはずだ。それは錯覚して無根拠であることを忘れさせる。しかし、わたしは〈逆立〉の意味を方々に散らして理解することはしない。どれほどあたりが情況へ呑みこまれて慰安が底を尽きたとしても、詩はわたしを裏切らないようである……。

冬に訪れる破局のほんとうの意味は
誰にもわからない
常緑が生い茂る過去のどこにでも
わたしは細く干乾びた枝を見つけてきては
冬のなかへ隠されてしまう

永劫のむかしに影の方途を置き去った者の言葉だけが
やさしい触覚でわたしを撫でて
凍てついた冬を愉快にさせる
現在の破局はあいまいな時期の気象に別れを告げて
無季な温度で横たわる
このようなかな幼稚に野暮なわたしを受け入れてくださった港の人・上野勇治さんへの感謝に埋没してゆくことが、幸福でならない。

二〇二〇年五月末
小川に流れる宣言終了の放送を聴いて
北村岳人

北村岳人　きたむら がくと
一九九七年東京生まれ
雑誌 Re:X(rexmix2121@gmail.com) を運営

逆立《ぎゃくりつ》

二〇二〇年十月十九日初版発行

著　者　北村岳人

装　丁　須山悠里

発行者　上野勇治

発　行　港の人

神奈川県鎌倉市由比ガ浜三―一一―四九

〒二四八―〇〇一四

電話〇四六七―六〇―一三七四

FAX〇四六七―六〇―一三七五

印刷製本　シナノ印刷

ISBN978-4-89629-380-7